帳篷的　閣樓

深處的　深處

有　一扇

古老的　門

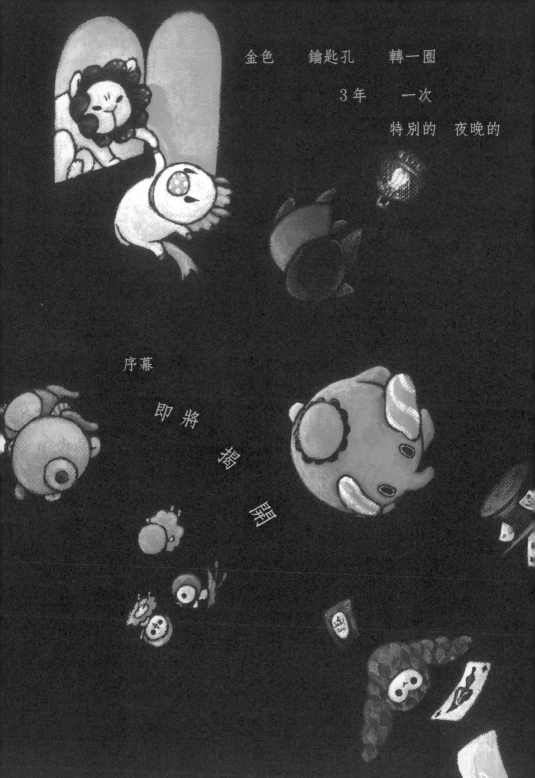

金色　鑰匙孔　轉一圈

3年　一次

特別的　夜晚的

序幕

即將　揭開

螺旋梯上

小心腳步聲

借著月光　悄悄　打扮

月色下 魅惑的

老房子

微光的

那個前方

溫暖　燈光

　　灑下來

破爛兒

一夜的

夢想舞台

戴上王
害怕寂寞

聲招呼
子們的國王遊戲

今晚　限定的　慶典

暫時　告別　淚水

一不留神　滾球　沒踩穩

咕嚕

滾進

嘰哩

帳篷　深處

黑漆漆的　小房間裡

有一面　鏡子

躡手

躡腳

前進時

黑　白

時　針　　倒　轉

滴答　　滴答

秒針

指的是

從前

那一天的

那個笑容

散落的　回憶　聚集

潛入　沉進　夢的　深處

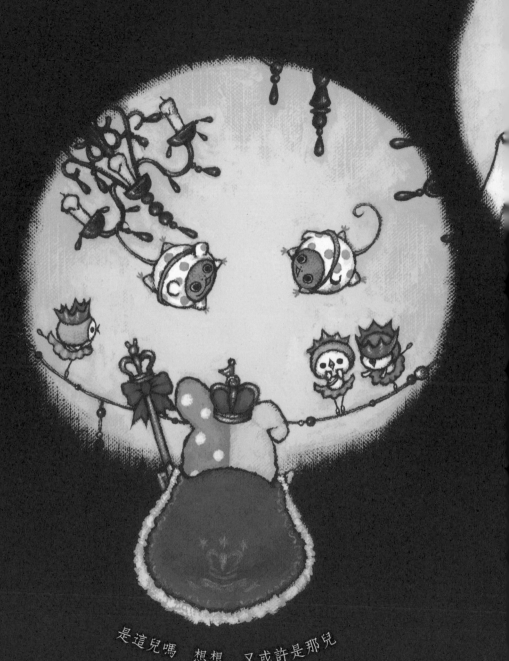

是這兒嗎　想想　又或許是那兒
不定的　思緒　坐上空中盪鞦韆

讓各位　久等了　接下來一

…咦？

這兒　那兒

找一找

近處　遠方

裡裡　外外

夢　越來越大

滿心　雀躍

Balancing on a ball

招招了　邀請大家

往這兒來

夢與 現實的

立體反射

遠處　傳來的是
離別曲

夢的　終點

就算　閉上眼睛

也能　隱約聽見　　　　　　　　　　　　　　遠遠的　呼喚聲

跨出 邊界

夢境之 外

黑暗　在騷動

雙眼

一如以往　不變的

　　小屋　裡

歡迎回家

…我回來了

轉瞬 之間

記憶　悄悄

被喚起

揮揮手

祝願那天

一切安好

Sentimental Circus.

深情馬戲團

❦ 第 3 幕 ❦

為閱讀這本繪本 及
今晚到場的所有嘉賓
致上誠心的謝意與掌聲

責任編輯　吉川理子
作　者　市川晴子
譯　者　高雅湘
美術編輯　樂奇國際有限公司
企畫選書人　賈俊國
總 編 輯　賈俊國
副總編輯　蘇士尹
行銷主編　吳藝珍
編　輯　高懿萩
行銷企畫　張莉滎・廖可筠・蕭羽猜

發行人　何飛鵬
出　版
布克文化出版事業部／台北市民生東路二段141號8樓
電話：02-2500-7008　傳真：02-2502-7676　E-mail：sbooker.service@cite.com.tw
發　行
英屬蓋曼群島商家庭傳媒股份有限公司城邦分公司／台北市中山區民生東路二段141號2樓
書虫客服服務專線：02-25007718；25007719　24小時傳真專線：02-25001990；25001991
劃撥帳號：19863813；戶名：書虫股份有限公司　讀者服務信箱：service@readingclub.com.tw
香港發行所
城邦（香港）出版集團有限公司／香港灣仔駱克道193號東超商業中心1樓
E-mail：hkcite@biznetvigator.com
馬新發行所
城邦（馬新）出版集團 Cité (M) Sdn. Bhd.
41, Jalan Radin Anum, Bandar Baru Sri Petaling, 57000 Kuala Lumpur, Malaysia
電話：+603-9057-8822　傳真：+603-9057-6622

印　刷　韋懋實業有限公司
初　版　2017年（民106）3月
售　價　250元

【特別演出】あべちあき　ホシノアツコ　鈴木正人　久保田愛美
負責窗口　吉川理子

城邦讀書花園　布克文化
www.cite.com.tw www.sbooker.com.tw